KB102951

채널링

시와반시 기획시인선 018

채널링

윤인미 시집

시와반시

| 차 례 |

| 1부 |

15도 이하

거미줄

　나를 둘러싼 사건과 상황을 시간의 연쇄에 따라 그대로 사랑하기 위해 나는 나를 붙잡았다 나를 사랑하려면, 히말라야 날씨처럼 변덕이 심한 몸 안으로 결심에 닿고도 턱없이 결심이 모자란 마음을 수시로 초대해야 한다 이번 생의 목적도 돌아올 생의 목적도 한결같다 나를 확장하거나 부풀리는 영감과 직관은 전생에 내가 친 거미줄이다 그러나 내가 만든 노여움에 내가 갇히지 않을 수 있다 나를 잡았다가 그냥 놓을 수 있는 어떤 확신이 든다면, 나의 밑그림은 지워져 다시 날 수 있다

다윈의 새

두 발은 바위를 깨지 않으려고 다짐하는 달걀의
마음으로, 시선은 저희끼리 간격을 유지하며 상식
을 지키는 전동차의 손잡이처럼, 목소리는 물로 씻
어내듯 금방 잊히는 지하철 안내 방송처럼

나는, 나의 시간을 책임졌습니다

서둘러 갖춰 입은 옷과 이름과 성별과는 별도로
순수한 몸의 질량을 느꼈습니다

나의 시간과 몸의 질량이 아무것도 눈에 걸리지
않아 넓은 세상 혼자가 되어도

바람에 뒤집히지 않을 만큼 무심한 표정과 윤곽
을 지킬 수 있었습니다

어디에도 발이 닿지 않는 나를 위해

불씨

물 먹고 체한 것은 백약이 무효

물무늬가 없는 것처럼 내내 분별하지만,

안으로 깊이를 더하는 물고랑 같은 용기는 없다

다만, 입술이 보라색으로 변하는 하루

알고 싶지 않아도 서둘러 알게 되는 축시丑時에

뒤끝이 모자란 낙과落果 같은 꿈을 꾼다

내 안의 불성과 야만은 내일도 낙담할 줄 몰라서

맑고 명랑한 천성뿐

덜 마른 목어

힘줄이 있고 살이 있고 그들과 상관없는 근육이
있고 아무래도 잘 발달한 허기가 있고 몸 둘 바를
모르는 상처가 있고 공유되지 않고 화합되지 않는
통증이 있고 커브뿐인 진술이 있고 차고 넘쳐도 쏟
아지는 일이 없는 좌절이 있고 찌꺼기가 남는 버릇
이 있고 말로 옮길 수 없고 생각으로 이를 수 없는
앎이 있고 안 보이는 서로를 애타게 부르는 난폭한
심증이 있고 부수어지지 않는 세상을 부수려 했던
노래가 있고 자신의 자리에서 정당성을 확보할 수
없는 기억의 엇박자가 있다

촛불

주차된 생각이 있다

내세워 강조하고 착각할수록
아롱지듯 겹친다

몰라서 무한한
모르면 모를수록 안전한
안전해서 환경에 무해한 생각

삶에 물리도록
살아내려면
운명이 운명을 배척하는
유용한 형식

운이 좋아도, 턱없이
목숨이 모자라
그 봄의 며칠처럼

목련이 피고 동백꽃이 떨어진다

나에게서 나온 한숨이
굽이굽이 나를 피해
나를 숨 막히게 한다

가까운 것들을
더 가까이

선명해질수록 꺼진다

왼손

당신을 부를 수 있는 손이 남아 있다면
아직은 살만한 것이다

간절한 부름 속에는 다시 부를 수 있는
몸이 있고

지나쳤거나 미처 닿지 못한 방향이
산불 같은 너를 쫓는 것이다

저절로 일어나서 새까맣게 타는 시간

멀고 큰 것을 향해
가깝고 작은 것을 밀고 나갈 수가 없다

조바심칠수록 몸으로부터
비켜서고

몸에 닿지 못한 편애는

왼손으로 남는다

나의 바깥

달려오는 진눈깨비도
한 걸음 한 걸음 걸어오는 함박눈도
내리는 눈은 모두
같은 방향을 향한다

바라보는 방향이 같은 것들의 눈은
이파리보다 꽃을

바닥에 던져 놓은 가방 모서리
뾰족한 포크가 찌르는 곳
조급하게 앉은 자리에서
꽃만 본 적 있다

머무르고 부수어도
파괴된 적 없는 그 기억은
있는 듯 없는 것
여태 기억나지 않는다

눈발에 무너지는 풍경처럼
풍경이 꾸는 헛꿈처럼
물러날 수 없는 작별로
홀로 마주하는 무덤이다

채널링

브레이크를 쪼개 밟으며 나를 버티는 나
두리번거리는 나를 정체시키는 나
거리가 없는 약속을 보자마자 발뺌하는 나
나에 덧붙여 나만 따로 견주는 나
나를 영원히 모르는 나
나밖에 모를 수밖에 없는 나
나 이후의 나를 깊게 묻어버리는 나
나 이전의 나를 무사히 주선하는 나
굿판의 혼령이 흘러 들어가지 못하게
나의 육체를 지분거리는 나
그러나 살아서 돌아갈 길이 없어
거꾸로 헛발 짚고 마는 나를
온몸으로 덥석 받아주는 나

집으로 가는 길

 반쯤 남은 물이 나를 믿고 잎이 없을 뿐, 살아있을 때와 다를 바 없는 나무가 몇 년 더 거기 서서 나를 믿고 손끝이라도 닿으면 베일 것 같은 당신의 말이 칼을 쥔 망나니처럼 내가 꼭 거기 있다 믿고 비처럼 가늘고 투명한 다리를 가진 사람들이 꽃이 시드는 나를 피해 걷고 많이 태어나고 많이 죽어서 마치 죽음이 끝없이 생명을 잉태하게 하는 것처럼 착각하게 하는 하루가 먼발치에서 나를 조문하고 통째로 믿다가 잘게 찢어 믿어 보아도 똑같이 없는 불행 중 다행인 나, 뜬 눈으로 반복해 보고 잡생각이 너무 많아서 그냥 믿고 믿다가 미처 다 믿을 수 없는 그런 상황이 와도 이 잡스러운 것을 어찌지 못해 다시 믿고 그 자체로 최선이어서 더는 자신을 돌아볼 여지가 없는

그 여자의 기억법, 북극성

　당신은 빙산을 녹이는 심정으로 여기까지 왔네요. 앞으로도 당신 자신을 구하러 올 걸 알아요. 바람이 산불을 막지 못하듯 당신 탓이 아니에요. 기억을 벗어난 지 이미 오래되었어요. 한때 빛났던 이름은 더는 묻지 않을게요. 왔던 길을 낯설게 돌아가는 무량한 경술庚戌생 중 당신은 한 명이지만, 하늘 아래 몸을 던져 구했던 마른 입술 같은 조급한 그 땅을 기억해요. 없는 것으로 없는 것을 가리키며 설명하지 않아도 그 마음 알아요. 그만하면 됐어요. 물비늘로 반짝이다가, 바람으로 흘러가세요. 점점 예뻐지는 나뭇잎처럼 발을 동동 구르며 저는 항상 여기 있을게요.

| 2부 |

15도 이상

운명과 사주에 관심이 생겼다면

누가 봐도 딱, 거기까지
한 발 더 디뎠다

의지인가, 의지박약인가

죽음을 감당하기에 삶도 죽음도
역부족한 프로메테우스처럼

죽음에 방점을 찍고 싶은 죽음
자동차 시동처럼 반복해서 걸리는 심장

마르고 닳도록 헛짚어도
자신을 부정하지 못한다

혼백을 다 쓰고도 떠나지 못한다

조용히 그리고 분명히

어제만큼의 후회가 전해진다

귤을 열 개 샀더니
한 개 더 얹어주는 덤이다

어둠의 공포

너를 이해하려면
먼저 나를 이해해야 해

나는
너를 나로 따르며
너에게 협조하는 자

내가 있고 네가 없어도
너는 있는 것이고
네가 있고 내가 없으면
너도 없어져 결국
나도 없는 것과 같아

너는
항상 내가 있든 없듯
짝이 되어 움직이는
색色을 띤 나의 상처

나는 늘 신념이 부족해
내 생각이 맞는지 틀린 지
확인받고 싶어

그러나
닥쳐올 안목眼目으로
스스로 무너져 버려
그래서 무언가를 되물어도
긍정할 수 없는 거야

빛의 공포

자나 깨나 나는 말이야, 지나치게 나를 간섭해서 배려할 내가 없어. 합의된 나는 있지만, 때에 맞춰 나서도 바로 행할 수 있는 내가 없어. 때론 너무 많아 자주 거론되는 나를 믿었던 나로 넘겨짚어 보지만, 그때마다 빠져 죽을 듯이 곤한 질주뿐이야. 이럴 바에야 더 늦기 전에 구들이 아궁이의 불씨를 눈감아주듯 나를 잊어야겠어. 내 맘대로 살지 못하는 인생에 대한 깨달음이 한쪽으로 훅, 쏠리는 순간에도 나의 모순에 동조할 수 없도록... 아무튼, 생각이 많아서 근심이 많아진 나는 말이야, 불쏘시개를 물어뜯는 불씨처럼 환생뿐이야. 이 세상에 맨 처음 온 것들이 처음부터 끝을 몰랐던 것처럼 사무치게 애태우는 거야.

마른하늘에 무지개

불을 원해서 춥다 풀을 베러 나가면서 낫 대신 삽을 들고 나선다 신념을 원해서 불신을 겪는다 풀을 베러 나가면서 낫 대신 삽을 들고 나선다 길을 원해서 헤맨다 풀을 베러 나가면서 낫 대신 삽을 들고 나선다 문을 원해서 벽이 필요하다 풀을 베러 나가면서 낫 대신 삽을 들고 나선다 결론을 원해서 시작도 못 한다 풀을 베러 나가면서 낫 대신 삽을 들고 나선다 방편을 원해서 불통이 된다 풀을 베러 나가면서 낫 대신 삽을 들고 나선다 구원을 원해서 일생이 필요하다 풀을 베러 나가면서 낫 대신 삽을 들고 나선다 당신을 원해서 내가 절실하다 풀을 베러 나가면서 낫 대신 삽을 들고 나선다 깊이 끌어 안으려는 당신의 대답을 회피해서 나는 거듭 숲 대신 수포로 돌아간다

물은 물 밖에서 꼬리가 잡힌다

뒤를 캐다가 앞을 잊었어요 앞을 믿지 않으니 몸이 꼼짝하지 않네요 존재했다는 사실이 달력처럼 쉽게 뜯겼어요 얼굴을 지키기 어려워요 성별에 갇힌 성처럼 지루해요 처음부터 그랬다고 애써서 확신에 갇히고 애쓰지 않아 확신이 절실해요 돌이킬 꿈이 없어요 단독으로 입장을 밝히는 달빛이나 무리 지어 입장을 밝히는 별빛만큼 현재의 입장을 밝혀야 해요 그러나 아무것도 밝힐 수 없네요 산도를 빠져나오고 있는 아이의 머리처럼 불리해요 트라우마가 원동력인 삶처럼 더없이 지극해요 이제 포기할 수 없는 자성自性만 남았네요 믿고 보호받을 수 있는 과거가 필요해요 뒤를 캐다가 뒤를 밝혔어요

나와 나의 다른 성性들

　힘들고 아픈 사람을 바라보듯 바라본 적 없다 반 걸음 물러서고 한 걸음 다가가면 바람에 쓸려 빈 몸이 되어 도무지 갈피를 잡은 적 없다 나를 보호해 달라 당부하는 겸손한 말씨처럼 무모한 적 없다 사기그릇 깨지는 파열음처럼 경쾌한 적 없다 주택 담보 대출 이자처럼 사는 동안 청산한 적 없다 하늘과 물이 뒤바뀌어도 알고 싶어 한 적 없다 유난히 겉도는 메이크업처럼 본바탕을 부정한 적 없다 뒷산이 앞산을 간섭하지 않아도 무관한 적 없다 단 한 순간도 편애한 적 없다 편애한 적 없어 사기 친 적 없다 사기 친 적 없어 거꾸로 뒤집혀도 언제나 그 모양, 하늘이 북극성을 벗어날 수 없듯 벗어난 적 없다 그러나 터무니없는 동격도 가능한 적 있다

시큼하고 비린 것들

매일 넥타이를 매기 위해 자신의 목 조르기. 닫히는 엘리베이터 문 안으로 오다가 주춤거리는 발소리 들어오면 문 열어주기. 꽉 조여진 나사는 더 조이지 않기. 지나치게 사랑스럽거나 지나치게 얄미운 사람은 별수 없이 지나치기. 둘이 있다면 그 중 하나는 나머지가 되는 것 깨닫기. 그림자를 쫓다가 따로 모양이 있는 것 기억하기. 죽기 위해 죽기 직전까지 죽지 않기. 부처가 죽었듯 엄마도 죽을 것 생생히 기억하기. 나를 위협하는 모든 것들로부터 나를 숨기기 위해 숨은 나를 색출하기. 있는 힘껏 당신을 밀어내기 위해 당신이 존재하기. 타임캡슐처럼 고스란히 나를 간직하기. 그러나 내가 만든 이야기와 내가 너무 가까워 더는 숨을 곳이 없을 때 천지는 온통 길뿐

자시子時의 여자

수많은 여자를 다르게 흉보고 같은 결론을 내린다. 여자의 적은 왜 여자일까를 궁리하다가 진짜 여자에게서 멀어질까 봐 얼른 아무 여자 가까이 붙는다. 남자의 적도 남자일까를 확인하려다 어둠을 가리는 빛의 집착처럼 무모해서 덮어 버린다. 남편과 아들이 남은 닭 다리를 두고 다툴 때 왜 나는, 아들 편이 될 수밖에 없는가를 곰곰이 생각해본다. 가장 높은 곳에 올라가서 엄마를 기다리다 허깨비 같은 엄마가 되어버린 나를 여자로 이해할지 사람으로 이해할지 긴가민가 해한다. 멜로드라마 속 남자 배우의 프러포즈를 투명 인간이 되어 여자 주인공과 나란히 받아보며 국물이 좋은 국처럼 짜게 웃어본다. 차선은 없고 최선으로 키운 아들을 기대에 찬 마음으로 안아보고 지구보다 무겁고 호환·마마보다 더 무섭다고 결론 짓는다.

연리지

내가 옳아서 당신은 옳지 않다 다른 것 말고 빛나는 마음만 전하고 싶다면 다른 것은 진짜 전할 필요 없다 전에 수없이 말했어도 방금 말하지 않았다면 말하지 않은 것이다

두 손을 서로 어긋나게 걸쳐 마주 잡아도 뿌리째 흔들리며 풀어지는 마음. 흔들리자마자 풀어졌다고 마음먹어야 하나, 풀어져서 그만 흔들리고 말았다고 마음 고쳐먹어야 하나

불가피하게 되는 것이 없다면 되다가 만 것은 어찌 손 떼야 하나, 손써야 하나

그러나 당신이 느닷없이 합장하고 끓어오르는 주먹을 박하 향이 묻어 있는 목젖으로 살짝 눌러준다면

손사래로 덧칠한 하늘이 벗겨져 이제 그만할 것
도 같은데, 영영 그만할 수 없을 것도 같은데

소맷자락이 찻잔을 건드리지 않을까 조심스러워
옷소매를 받쳐 든다 주는 대로 마시고 말하는 대로
듣다 보니 그사이, 나의 바깥에 다다랐다

기생충

미운 일곱 살보다 더 밉다

손을 잡지 않아도 진도를 뺄 수 있다

꿀 먹은 벙어리처럼 약해 빠져서 진짜 착해 보인다

거울을 보고 혼자 놀 줄 안다

모르는 것도 아는 것과 같아서 저절로 새를 그릴 수 있다

바다를 보며 바다를 넘보지 않는다

한주먹 거리도 안 된다며 상대를 봐준 적 없다

인간처럼 어쩌다 어른이 된 경우는 없다

다음 기회가 없어서 밥벌이와 놀이를 병행할 수 없다

바짝 고집 세우다 녹슬어버리는 못대가리보다 훨씬 낫다

수평선 너머로 바람과 파도의 진액처럼 가라앉고 있다

그러나 왔다 간 구설口舌처럼 다시 와서 씨족을 이어갈 것이다

경복궁 근정전의 세발솥보다 더 정치적이다

| 3부 |

23도 이하

안경

딱 나만큼 안타깝습니다
그 단순함이 쉬워서 겁이 납니다
밖을 내면화하는 데 실패한 꽃잎입니다
왔던 길을 낯설게 돌아가야 합니다
그러나 장밋빛 나를 지나치지 못해
압화 같은 감상에 갇힙니다
이제는 꽃의 환란에 시비 걸지 말고
높고 낮음에 갈증이 없는
한 뼘의 하늘을 담겠습니다

앞서간 길과 지나온 길이 보이지 않도록

여자의 성별性別

해시태그처럼 앞장서는

시스루룩 잠옷 같은

현금카드 같은

들숨을 표절하다 궁지에 몰린 한숨 같은

단번에 꿰지 못하는 또 다른 바늘귀 같은

곳간처럼 암전되는

그러나 무더기로 벨 수 있는

양날의 검

양날의 검

초대받지 않은 손님도 입장이 가능하다

기름이 바닥난 램프의 희미한 얼굴로 갱도의 맨 끝 같은 그녀의 빛나는 문장 그 아래에 조용히 머무는 등불을 켠다 적포도주와 빵 한 조각 같은 허기진 댓글을 남긴다 우문愚問으로 현문賢問을 할퀴며 모과 열매처럼 단단하게 익은 글감 몇 점 훔쳐 나온다

방금 그녀가 나를 로그아웃했다

가나 초콜릿

 어릴수록 쉽다… 검붉은 멍도 쉽게 지워지고…
어리니까 깡그리 울어버리면 그뿐… 묵선의 흔적
처럼 어린 생은 간결하고 간절하다… 먹먹한 시간
에 맞설 심폐소생술 같은 위로가 필요하다… 혀로
혀를 쫓는 위계질서는 과묵한 언잠言箴처럼 최대한
말을 아끼고… 방언처럼 이어지는 그날그날… 속
속들이 내리 엮어도… 말이 되지 못한다… 말이 된
다…

철이 없는 딸기

겨울이 안녕하고 초겨울의 풀처럼 말을 걸 때 야산의 비탈처럼 각박했어 아침의 짝이 저녁이듯 슬픔의 짝이 기쁨이듯 기필코 돌려주어야 마땅했어 그 말은 진보의 말보다는 재건의 말, 가벼워야 흩어질 수 있는 땅 위의 구름처럼 진실이 거짓이 되어가도, 거짓이 진실이 되어가도 사소해서 쓸데없이 맑은 날을 공유할 수 없었어 점점 쓰러려져 가는 말끝을 수박 꼭지처럼 잘랐어

가르마

한 개의 파도에는 한 사람만 타야 한다 구명복을 입으면 물에 떠야 한다 뒤통수만 보아도 가족은 알 수 있다 아는 사람은 끝까지 믿어야 한다

짜장면이 먹고 싶어도 짬뽕을 시킬 수 있다 잘잘 못을 따지지 말자 먼저 사과하는 사람이 대인배이다 어떻게 살 것인가는 중요하지 않다 어떻게 살고 싶은가가 중요하다

그러나 이 모든 우려에서 나는 예외다 내력을 뒤집어 넘긴 가르마처럼 우려로 남을 수 없다

날아간 공

물속은 재봐야 알고 땅속은 파봐야 알지만, 사람의 속내는 그 사람이 사라져봐야 짐작된다

마음이 1급수처럼 깨끗한 사람은 마음을 까뒤집어도 결국 마음, 마음을 가둘 튼튼한 몸이 필요하다

몸 밖으로 밀려 나온 또 다른 사람은 우주의 기를 말리고 얼려서 단전에 감춘 사람의 자식, 사랑하거나 미워하는 것은 지나치게 닮았거나 못 미치게 너무 달라서

1등 못해도 1등 한 사람을 평가하며 편안하게 살수 있다 1등 못한 사람들이 함께 모이면 혈연 지연학연 중 어느 하나

늘 깨끗하지 않은 사람의 그림자는 아무것도 도모하지 않는다 낮은 곳에 앉아 낮은 곳을 외면한다

그림자와 몸이 공생하는 것은 혼백의 약속이 아
니라 고통을 느낄 수 있는 부위가 그나마 달라서
가능하다

사람과 사람이 함께 있어도 다른 사람이 필요한
것은 사람이 개나 고양이로 대체될 수 있다

그러나 안전해서 불편한 그때그때의 양심은 다
른 것으로 대체될 수 없다

흙과 뿌리

들고 나는 바닷물과 상관없이 엄마는 김치를 해 주셨다 먹다 보니 물 빠진 갯벌처럼 오는 것과 가는 것을 놓쳤다 머리 굴려 생각하면, 새벽 밀물만큼만 엄마의 개입을 용납한 것 같은데

딸의 냉장고 속 시간은 말라서 부서지고 있었다 아무 데도 닿을 수 없는 시간은 가벼워서 버리기 쉬웠다 마땅히 할 일을 했을 뿐인데, 해와 달이 없는 먼 나라에서 온 우환처럼 딸은 불안해한다

조약돌처럼 단호해져서 하던 일을 그쳤다 허술한 적 없었던 바닷물의 높이가 위태롭다

쑥과 마늘의 동굴

비상하기 직전이다

뭉쳐야 산다는 위험한 생각 대신 뭉치지 못하게
하는 그 무엇을 살핀다 마음이 돌아오는 소리로 더
는 몸을 붙잡을 수 없다면 차선과 차악이라도 기꺼
이 따른다

천 개의 물건이 거울에 비쳐도 다만 비치고 사라
지는 것처럼 날 수 없는 이유를 한꺼번에 놓는다
억누르거나 붙잡는 공기의 저항 같은 감정은 있을
수 없다

오래 앓아 맥없이 풀어지는 눈동자처럼 미련이
아예 없거나 이물질 같은 죽음이 끼어들 틈 없이
온통 미련뿐이거나

병이 있다면, 반드시 약이 있는 박쥐의 무리

검암역

　곡괭이로 찍다가 놓친 갓길 같은 저녁이 오면, 내 안의 문명을 뒤집는 무심한 나를 발견한다

　허공에 익숙한 발은 벗을 수 없는 발자국을 긴 문장에 걸어 놓고 힘없고 겁 많은 나를 다독인다

　오랜 세월 덧칠한 성별이 몸에 맞지 않는 연민을 벗어 던질 때, 부를 수도 잊을 수도 없는 온갖 것들의 안부가 되어

　검바위로 날아가려다 검암역에 내려앉는다

| 4부 |

23도 이상

바다를 끌고 가는 시간

사람이 사람을 찾아 헤매면 그 사람만 보인다고 하지만 그 사람만 보지 못한다. 어둠을 쪼개는 순백의 빛과 혼백처럼 응답하는 어둠이 충돌해서 그 사람의 뒷모습만 보인다. 미스터리뿐인 빛과 어둠이 다시 충돌해준다면, 거대한 그림자를 껴입은 어른거리는 등대로 그 사람을 도식할 수도 있을 것 같다. 그러나 나는 허깨비. 만권의 책을 읽지 못한 나는 굽이치는 파도의 해조음으로 나의 한숨을 도식할 뿐. 파도는 등대를 몰라도 영원히 파도일 수 있지만, 나는 다시없을 그 사람을 뛰어넘어야 오늘의 나일 수 있다.

바람이 부는 이유

… 말하려다… 닥치는 대로 먹었다… 말하려
다… 짧고 정처 없는 혀에 갇혔다… 말하려다…
웃자라서 쓸모없어진 손을 싹둑 잘랐다… 말하려
다… 쉬워서 분명한 목소리를 뽑았다… 말하지 않
으려다… 피뢰침처럼 꽂아둔 입이 뻥 뚫려 맥주 거
품처럼 흘렀다… 하얀 파도가 그 많은 바다를 다
돌아 돌아온 밤에…

바람 불어 물결 높은 날

당신으로부터 나를 지키려면 당신을 지켜주면
됩니다 넘어질 때마다 당신을 피해 당신을 일으켜
주면 됩니다 잘 지켜줘야 유일한 나를 되찾을 수
있습니다

당신으로부터 우리를 지키려면 마주 앉은 침묵
같은 그들을 배려하면 됩니다 유사시 총알받이가
되어 줄 수도 있고 진짜 우리를 대신해 빛날 수도
있습니다

나로부터 우리를 지키려면 그들을 몰라야 합니
다 태어난 적 없는 비밀처럼 지도에 없는 목적지처
럼 그들은 돌아간 적 없고 돌아갈 수 없는 태초의
불만이어야 합니다

나로부터 당신을 지키려면 내가 나를 그냥 바라
보면 됩니다 방금 닫힌 문이 내가 되고 그 문을 삼

킨 벽이 다시 내가 되는 순간에도 물달개비 꽃잎보
다 더 가여운 당신이 거기, 있었다는 사실을 알아
차리면 됩니다

동해바다

사랑은 지독히 후회스러워야 완성된다 후회는
칼날처럼 얇아져서 없음을 지향하지만, 전혀 없는
것도 아니고

넘기면 되돌아가는 가르마처럼 확실하게 있는
것이다 난데없는 실존은 후회는 사랑의 혼이라는
결론에 닿는다

촛불이 꺼져도 촛불을 든 마음 사라지지 않듯 그
마음 다 돌아갔나 싶을 때도 돌아간 적 없이 끝도
없이 돌아가고 또 돌아간다

그러나 시작도 없이 온 한 사람은 본래 그러하기
때문에 그럴 뿐인 수많은 사람을 밑도 끝도 없이
끌어안고 궁리 중이다 지켜볼 틈 없이 결론뿐인 목
숨이 짧아

처용이 오고 있다 그 사람은 날숨처럼 흘러나와
어제 놓친 들숨 사이로 가파르게 치솟다가 부딪히
며 무엇을 더 하려고 애쓰지 않을 때가 유일하게
사랑할 수 있는 세상 모든 의혹의 끝을 내달린다

장마

　땅 위의 땅을 다 감춰도 한계였다 한계는 오랫동
안 내가 좇던 이상도 받아들여야 할 숙명도 아니다
아름다움 너머 아름다운 몸을 모색했다 깊이 스미
는 날개로 폭을 넓게 거느리며 가장 낮게 버틸 것
이다 재촉해도 낭비해도 나는 충분히 그럴만한 내
공이 있다 내공은 스스로 만드는 노력과 외부의 환
경이 그러하게 만드는 공덕까지 포함한다 형형색
색 제각각 알고 있지만, 자신이 알고 있는지 모르
는 인간의 누명을 감출 것이다 전멸하는 인류의 몸
을 구하는 부처의 마음이 되고 싶었다 가장 오래
살고 싶다

마가목 열매가 익어가는 밤

사람과 새의 영혼이 초여름의 풀처럼 향기로워지는 집에서 누군가가 열어놓은 창문처럼 나를 기억해준다면 뿌리가 약한 자존심도 그늘을 가질 수 있을 것 같다. 지붕이 없고 천적이 없는 집에서 누군가가 지갑 속 영수증처럼 나를 찢어 준다면 물보라 같은 심장과 불덩이 같은 확신을 되살릴 수 있을 것 같다. 가볍고 작아도 사람의 눈에 잘 띄는 집에서 누군가가 사이다병의 하얀 기포처럼 나를 간직해 준다면 소멸할 업장이 많은 마음도 한 곳에 고정될 수 있을 것 같다. 사람이 늙는 일을 단풍이 물드는 것쯤으로 가볍게 쓸어버리는 집에서 누군가가 단풍잎 같은 작은 위로로 나를 속속들이 포기시켜줄 수 있다면 다가올 삶이 집요하거나 맹랑하지 않을 수 있을 것 같다. 그러나 그 누구와도 상관없이 고개를 꺾고 잠든 나의 꿈은 일제히 날아오르는 새 떼처럼 뿔뿔이 흩어진다.

여행의 이유
- 포크와 나이프가 멀어질 수 없는 거리

충분히 강하지 못해서
성숙하지 못해서 이러는 것은 아니다

너를 쫓다 나를 비껴간 감정이다

숨이 모이고 모인 숨이
비워지는 일처럼 맹목적이다

신통神通처럼 나를 믿어
너를 의심치 않지만,
지나가는 봄날을 살아내지 못하는
봄처럼 나를 설득할 수 없다

꽃과 나비가 만나기 위해
다시 멀어져야 했던 그 봄밤처럼
머리와 가슴이 서로 소통하지 못한다

음식이 있어 허기를 배우듯
네가 있어 나를 반복한다

내 모든 그때가
누구의 것도 아니길 바라며
결핍과 충만 너머로 돌아오기 위해
다시 떠나야 한다

들여다보면, 말라가는 너는
민들레 씨앗 같다

초속 40m 강풍 같은 가벼운 현실이
따라나서고 마는 그림자가 된다

도깨비
– 말言

몸을 갖고 싶어서 나는 나를 피할 것이다 몸을
지키면 얼굴이 보장되고 내가 나를 포기하지 않아
도 사람다워진다

내가 나를 괴롭히려면 헌법 제1조 2항을 자주 들
먹이면 된다 말은 사람에게 있고 모든 말은 사람에
게서 나온다는데 머리카락 하나 홀릴 수 없다

이미 써버린 미래와 진행 중인 과거를 들먹일 때
나는 벼락처럼 몸에 꽂혀서 신기루처럼 사라진다

빈 목소리로 큰 머리를 떠받치고 있는 실타래 같
은 표정을 털어버릴 수가 없다

몸에 멸망하는 나를 만나 분별한 죄, 이토록 오
래 죽거나 살거나

그들은 하늘을 만들지 않았다

··· 5호 태풍 장미는 조금 전 5시를 기해 포항 인근에서 온대 저기압으로 약해
졌습니다. 태풍 특보는 해제됐는데요. 하지만, 강한 비바람이 계속될 것으로 보여
호우 특보가 남아있는 상황입니다···

　무언가를 되물어도 긍정할 수 없는 지금, 멀어서
눈부신 별처럼 당신의 안부는 잊었습니다.

0의 안부
— 신미 마을*

함께 부를 수 있는 하늘이 있어
까맣게 잊고 있었던 바다가 있다

하늘을 놓친 빗방울 같은 새가 없어
바다에 빠진 속수무책의 섬이 없다

비를 쪼갤 수 있는 바람의 위중이 있어
혀로 목을 매는 파도가 있다

쫓기듯 지켜야 할 얼굴이 없어
그 많은 나를 다 뒤져도 당신에게 닿을 수 없다

없어서 없고 있어서 있는 농담 같은 본심들은
해와 달의 운행처럼 믿어지지 않아 멀리 있다

멀리 있어 멀리 불려가는 빛바랜 빛도
몸을 숨기는 어둠을 만나야 다시 반짝일 수 있다

* 전남 고흥군 봉래면 신금리

해설

'나'로 되돌아오는 삶 혹은 '한사람'의 기원起源

전해수 | 문학평론가

윤인미 시인의 두 번째 시집 『채널링』은 '한사람'의 기원起源에 대한 이야기이다. '나'로 명명되며 밝혀지는 이 '한사람'의 이야기는 분명 '나'의 이야기지만 그러나 '너'의 이야기이기도 한데, 윤인미 시인에게 '나'와 '너'는 다르면서도 잇닿은 고리가 연결되어 있어서 운명적인 하나이자 오른쪽과 왼쪽처럼 지향점이 다른 한사람이기도 하다. 역설적이지만, 이 '한사람'인 '나'의 이야기가 윤인미 시의 '운명運命'을 상기시킨다.

윤인미 시인은 첫 시집 『물의 가면』(2018)에서는 다른 얼굴을 한 '나'(시집 제목을 빌려 쓰면 '가면' 속의 나)를 거울 밖에서 조망眺望하는데, 이번 시집은 '나'여야만 하는 나의 얼굴을 과감히 드러내면서도, 보이고 싶지 않은 신체의 일부를 보인 듯 '나'를 황급히 감추고 싶은 마음을 내보이기도 한다. 이처럼 '마음'의 정처 없음은 '너'로 인한 '고독'에서 연원한 것이기에, '너'는 그 자리에서 망부석처럼 굳건하게 서있음으로써 결코 나를 돌아보지 않는 냉정함을 지녔다. 그러나 흥미롭게도 '너'의 멈춘 시선 때문에 '나'는 나로 되돌아오는 삶을 선택하게 된다. 무릇 '나'여야 하는데 내가 아니며, 내가 아니어서 '너'의 곁에 여전히 머물 수 있는 '나'라는 (뜻밖의) 사실은 윤인미 시인이 바라보는 '한사람', '나'의 발견이라 할 수 있다.

시인은 흐트러지는 마음의 방향을 동여매기 위해 끊임없이 실을 잣는 페넬로페가 되고 마는데, 이를 '나'의 운명이자 '시'의 운명으로 받아들인다. 그렇다. 문득 시가 운명적으로 찾아온 날, 그녀는 시를 안고 돌아오지 않는 삶의 실타래를 끊임없이 풀며 자신의 '생生'을 시로써 위무하기 시작했을 터이다. 그러나 '시詩'는, '나我'는, 결국 어디에도 가닿지 못하고 '한사람'(나)으로 되돌아오는 삶과 같고, 그 삶이 바로 '한사람'(너)을 오롯이 지켜봐야 하는 윤인미 시의 운명이 된 것 같다.

나를 둘러싼 사건과 상황을 시간의 연쇄에 따라 그대
로 사랑하기 위해 나는 나를 붙잡았다 나를 사랑하려면,
히말라야 날씨처럼 변덕이 심한 몸 안으로 결심에 닿고
도 턱없이 결심이 모자란 마음을 수시로 초대해야 한다
이번 생의 목적도 돌아올 생의 목적도 한결같다 나를 확
장하거나 부풀리는 영감과 직관은 전생에 내가 친 거미
줄이다 그러나 내가 만든 노여움에 내가 갇히지 않을 수
있다 나를 잡았다가 그냥 놓을 수 있는 어떤 확신이 든
다면, 나의 밑그림은 지워져 다시 날 수 있다

　　　　　　　—「거미줄」전문

　'나'를 둘러싼 억압된 세계를 인정하는 일로부터
진정 갇힌 '나'를 해방시킬 수 있다는 믿음은 어디
에서 연원한 것일까. 시 「거미줄」이 윤인미 시집을
여는 첫 시란 점은 '날카로운 첫 키스의 추억'을
닮았다. 시인은 "나를 둘러싼 사건과 상황"을 이번
시집을 통해 넌지시 풀어놓고 있다.

　위 시는 "시간의 연쇄에 따라" 혹은 "날씨"처럼
변덕이 심한 "몸" 안으로 깊숙이 끌어들인 시의 색
과 온도가 "생의 목적"을 걷어 올리는 시인의 "영
감과 직관"으로 작동하면서 시인은 이를 인연으로
엮어 매는 "거미줄" 즉 질기고 오래된 존재의 세계

를 '그물망'으로 묘사한다. 주목하건대, 시인은 시집 『채널링』에 수록되는 시를 분류하면서 체온보다 낮은 두 개의 온도 "15도"와 "23도"를 거미줄의 그물망으로 두르고 있다.(시인은 시집 『채널링』을 각각 1부 15도 이하, 2부 15도 이상, 3부 23도 이하, 4부 23도 이상으로 나누어 분류하고 있는데, 온도로 구분한 그의 시는 하나같이 체온에 미달되는 온도인 것이다) 이것은 시인이 세계를 감각하는 서늘한 기온이라 할 수 있겠다. 윤인미의 시세계는 체온 36.5도에 미달하는 온도를 상위하는 섭씨15도와 섭씨23도의 세계에서 분명 차이는 있으나 체온보다 낮거나 이보다 더 낮은 기온의 차가움으로 '나'를 "전생에 내가 친 거미줄"로 규정하는 어떤 세계로 서늘한 금을 치고 있다.

브레이크를 쪼개 밟으며 나를 버티는 나
두리번거리는 나를 정체시키는 나
거리가 없는 약속을 보자마자 발뺌하는 나
나에 덧붙여 나만 따로 견주는 나
나를 영원히 모르는 나
나밖에 모를 수밖에 없는 나
나 이후의 나를 깊게 묻어버리는 나

나 이전의 나를 무사히 주선하는 나

　　굿판의 혼령이 흘러 들어가지 못하게

　　나의 육체를 지분거리는 나

　　그러나 살아서 돌아갈 길이 없어

　　거꾸로 헛발 짚고 마는 나를

　　온몸으로 덥석 받아주는 나

　　　　―「채널링」 전문

　기꺼이 몸을 수신受信하거나 영혼을 수신受信하는
일은 불가하여, "굿판의 혼령"(靈)에게 맡기더라도
"나의 육체를 지분거리는 나"를 보는 "헛발 짚는
나"를 목도目睹하는 일은, 참으로 가련하고 안타깝
다. "나 이후의 나"와 "나 이전의 나"는 어떤 '나'
여야만 할까. '최후의 나와 악수' 하듯 윤인미 시인
이 끊임없이 찾고 있는 '나'의 정체는 긍정적이지
않고 부정적인데, '나'를 발견하려는 몸짓만은 꿈
틀거리는 존재를 갈망하는 상징태로 드러난다. 어
쩌면 시인은 "나를 영원히 모르는 나"를 쫓고 있는
지도 모른다. 무언가를 "버티며" 무언가를 "견주
며" 영혼이 "정체"된 "나"와 "육체"인 "나" 사이에
서 어느 곳으로도 "흘러 들어가지 못"하고 막아서
는 "돌아갈 길이 없"는 "나"를 수신受信하는 '나'

도 온전히 "나"일 수밖에 없음을 알기에, "온몸으로 덥석 받아주는 나"의 행보는 사방에 흩뿌려지는 "굿판의 혼령"과 씨름한다.

　신호를 받을 수 없다는 것일까? 아니면 수신을 해도 닿지 않는 그곳에 내가 없다는 것일까? 「채널링」에서 감도感度로 몸을 휘감는 '나'의 외로움이 전신을 훑고 지나가는 듯 차고 서늘하다. 섭씨15도 이하의 찬 기운이 '나'에게 스민다.

　　너를 이해하려면
　　먼저 나를 이해해야 해

　　나는
　　너를 나로 따르며
　　너에게 협조하는 자

　　내가 있고 네가 없어도
　　너는 있는 것이고
　　네가 있고 내가 없으면
　　너도 없어져 결국
　　나도 없는 것과 같아
　　너는

항상 내가 있든 없듯
짝이 되어 움직이는
색色을 띤 나의 상처

나는 늘 신념이 부족해
내 생각이 맞는지 틀린 지
확인받고 싶어

그러나
닥쳐올 안목眼目으로
스스로 무너져 버려
그래서 무언가를 되물어도
긍정할 수 없는 거야
　　　　—「어둠의 공포」전문

　그런데 '나'(혹은 너)를 알 수 없다는 것은 "어
둠의 공포"로 되돌아오는 사건이다. "내가 있든 없
든" "색色"을 띠는 "너"와 달리 "나는 늘 신념이 부
족"해서 분명한 색色을 확인받고 싶다. "너를 나
로 따르며/너에게 협조하는 자"인 "나"는 "스스로
무너져 버려" 나에게는 협조적이지 않다. 위 시에
서 스스로 알려는 "나"의 의미는 "너"로 인한 "상

처"라는 사실이 의미심장하다. 결국 시인이 알고자 한 "나"의 본위本位는 "너"로 인해 밝아지거나 어두워지는 것이기에 "너"의 의미로 온전히 다가가는 "나"이기에 "너"의 존재가 "나"의 존재를 결정짓는 기준이 된다. 그러나 나에게 "어둠"이 짙고 이 어둠이 "공포"가 되는 이유는 "스스로 무너져 버려" "닥쳐올" 안목眼目의 상실 때문이다.

자나 깨나 나는 말이야, 지나치게 나를 간섭해서 배려할 내가 없어. 합의된 나는 있지만, 때에 맞춰 나서도 바로 행할 수 있는 내가 없어. 때론 너무 많아 자주 거론되는 나를 믿었던 나로 넘겨짚어 보지만, 그때마다 빠져 죽을 듯이 곤한 질주뿐이야. 이럴 바에야 더 늦기 전에 구들이 아궁이의 불씨를 눈감아주듯 나를 잊어야겠어. 내 맘대로 살지 못하는 인생에 대한 깨달음이 한쪽으로 훅, 쏠리는 순간에도 나의 모순에 동조할 수 없도록... 아무튼, 생각이 많아서 근심이 많아진 나는 말이야, 불쏘시개를 물어뜯는 불씨처럼 환생뿐이야. 이 세상에 맨 처음 온 것들이 처음부터 끝을 몰랐던 것처럼 사무치게 애태우는 거야.

　　―「빛의 공포」전문

그리하여 "어둠"을 벗어나 "빛"을 기약하는 순간
에도 "빛"은 여전히 "공포"여서 시인은 오로지 "환
생"을 기약하는 시간에 의해 "빛"의 "불씨"를 돋운
다. 그렇다. "빛"이란 "이 세상에 맨 처음 온 것들"
로 인해 떠오르는 환한 것인데 왜 시인은 "빛"을
품지 못하고 "빛의 공포"를 느끼는 것인가. 왜냐하
면 "맘대로 살지 못하는 인생에 대한 깨달음"이 바
로 "환생"에나 제 위치를 밝힐 '빛'일 것이기 때문
이다. 이것은 '빛'일지라도 '어둠'과 진배없는 "공
포", 여전히 화자에게는 사무치는 '외로움의 공포'
로 다가온다.

매일 넥타이를 매기 위해 자신의 목 조르기. 닫히는
엘리베이터 문 안으로 오다가 주춤거리는 발소리 들어
오면 문 열어주기. 꽉 조여진 나사는 더 조이지 않기. 지
나치게 사랑스럽거나 지나치게 얄미운 사람은 별수 없
이 시나치기. 둘이 있다면 그중 하나는 나머지가 되는
것 깨닫기. 그림자를 쫓다가 따로 모양이 있는 것 기억
하기. 죽기 위해 죽기 직전까지 죽지 않기. 부처가 죽었
듯 엄마도 죽을 것 생생히 기억하기. 나를 위협하는 모
든 것들로부터 나를 숨기기 위해 숨은 나를 색출하기.
있는 힘껏 당신을 밀어내기 위해 당신이 존재하기. 타임

캡슐처럼 고스란히 나를 간직하기. 그러나 내가 만든 이
야기와 내가 너무 가까워 더는 숨을 곳이 없을 때 천지
는 온통 길뿐

　　　—「시큼하고 비린 것들」 전문

　하여 내가 만든 이야기 속 당신(너)은 나로 이입
되는 존재이다. 시「시큼하고 비린 것들」은 일상에
서 경계境界 지워진 너(당신)와의 관계를 드러낸다.
너는 매일 넥타이를 매기 위해 내 목을 조르고, 닫
힌 엘리베이터에도 네 발소리가 들리면 달려가 문
을 열어주고, 힘껏 당신을 밀어내기 위해 마치 당
신이 존재하듯 나를 위협하는 일상의 소리들에 "숨
은 나"와 "나를 숨기는 나" 둘 사이에서 "나"를 간
직하려는 유일한 빌미로 작용하는 "온통 길뿐"인
"천지"… . 이처럼 지독한 외로움은 무엇 때문일까.

　　딱 나만큼 안타깝습니다
　　그 단순함이 쉬워서 겁이 납니다
　　밖을 내면화하는 데 실패한 꽃잎입니다
　　왔던 길을 낯설게 돌아가야 합니다
　　그러나 장밋빛 나를 지나치지 못해
　　압화 같은 감상에 갇힙니다

이제는 꽃의 환란에 시비 걸지 말고

높고 낮음에 갈증이 없는

한 뼘의 하늘을 담겠습니다

앞서간 길과 지나온 길이 보이지 않도록

　　― 「안경」전문

'혜안慧眼'은 어두움이 있기에 비로소 빛이 보인

다는 의미가 있다. 윤인미 시인에게 '혜안慧眼'은

"안경" 너머의 한 뼘 하늘에 가둬 "앞서간 길과

지나온 길이 보이지 않도록" 지워버리는 일과 맞닿

아 있다. 사물의 본질을 꿰뚫는 안목眼目이 길을 지

워내는 일이란 점은 "안경"의 의미를 새롭게 부여

한다. "안경"을 통해 얻은 혜안은 환한 지금의 하

늘을 바로 바라보는 일에 지나지 않는 어떤 것이기

도 하다. "딱 나만큼 안타깝"다고 말하는 안경 너

머의 세계는 "왔던 길"이고 "앞서간 길"이며 "지나

온 길"이기에 안경이 없이 제대로 한 세상을 보지

못한 이에게는 꽃은 환란患亂이고 하늘은 높고 낮음

의 차이일 뿐인 것이다. "안경"은 이 모두를 지워

내고 견디는 다른 세상으로 이끌어 줄 것이다.

당신으로부터 나를 지키려면 당신을 지켜주면 됩니다 넘어질 때마다 당신을 피해 당신을 일으켜 주면 됩니다 잘 지켜줘야 유일한 나를 되찾을 수 있습니다

당신으로부터 우리를 지키려면 마주 앉은 침묵 같은 그들을 배려하면 됩니다 유사시 총알받이가 되어 줄 수도 있고 진짜 우리를 대신해 빛날 수도 있습니다

나로부터 우리를 지키려면 그들을 몰라야 합니다 태어난 적 없는 비밀처럼 지도에 없는 목적지처럼 그들은 돌아간 적 없고 돌아갈 수 없는 태초의 불만이어야 합니다

나로부터 당신을 지키려면 내가 나를 그냥 바라보면 됩니다 방금 닫힌 문이 내가 되고 그 문을 삼킨 벽이 다시 내가 되는 순간에도 물달개비 꽃잎보다 더 가여운 당신이 거기, 있었다는 사실을 알아차리면 됩니다
　　　　　　　　　　　　　　— 「바람 불어 물결 높은 날」 전문

이처럼 윤인미의 시는 끊임없이 자신을 자책하고 연민하며 위무하고자 한다. 윤인미의 시에서 모든 "태초의 불만"이 "나"여야만 하는 이유도 "나를

되찾"으려는 몸짓으로 이해할 수 있다. 이른바 "나를 지키려면 당신을 지켜주면 된다"는 믿음과 "당신을 지키려면 내가 나를 그냥 바라보면 된"다는 자기연민은 결국 "당신"으로부터 생겨난 "우리"(가족)를 지켜야 하기 때문인 것이다. 온전히 "나"를 "태초의 불만"으로 삼아 "문을 삼킨 벽이 다시 내가 되는 순간"마저도 받아들이는 자세가 윤인미의 시에는 여전히 머물러 있다. 이것은 유일하게 하나 되는 '한사람'이 '당신'으로부터가 아니라 당신을 지켜주는 '나'여야 가능한 것이어서 가여운 내가 거기 있다는 확인에 다름 아니다. 연민하는 나로부터 생성된 당신과 우리의 관계는 짐짓 상호소통이 아니라 일방통행임을 말하고 있다.

나는, 나의 시간을 책임졌습니다

서둘러 갖춰 입은 옷과 이름과 성별과는 별도로 순수한 몸의 질량을 느꼈습니다

나의 시간과 몸의 질량이 아무것도 눈에 걸리지 않아 넓은 세상 혼자가 되어도

바람에 뒤집히지 않을 만큼 무심한 표정과 윤곽을 지
킬 수 있었습니다

어디에도 발이 닿지 않는 나를 위해
　　―「다윈의 새」부분

그러나 시인은 "어디에도 발이 닿지 않는 나를
위해" 날개를 달아 주려 한다. "다윈의 새"는 '나'
에게 살아남는 법을 깨우쳐 유영留營할 수 있게 해
준다. 위 시는 "혼자가 되어도" "바람에 뒤집히지
않을" 절대적인 "무심한 표정"을 주어서 "아무것도
눈에 걸리지 않"는 삶의 방향성을 새의 날갯짓에
옮겨오고 있다. "순수한 몸의 질량"을 얻은 "새"는
유유히 태초의 시간의 질곡을 건넌다.

당신은 빙산을 녹이는 심정으로 여기까지 왔네요. 앞
으로도 당신 자신을 구하러 올 걸 알아요. 바람이 산불
을 막지 못하듯 당신 탓이 아니에요. 기억을 벗어난 지
이미 오래되었어요. 한때 빛났던 이름은 더는 묻지 않을
게요. 왔던 길을 낯설게 돌아가는 무량한 경술庚戌생 중
당신은 한 명이지만, 하늘 아래 몸을 던져 구했던 마른
입술 같은 조급한 그 땅을 기억해요. 없는 것으로 없는

것을 가리키며 설명하지 않아도 그 마음 알아요. 그만하면 됐어요. 물비늘로 반짝이다가, 바람으로 흘러가세요. 점점 예뻐지는 나뭇잎처럼 발을 동동 구르며 저는 항상 여기 있을게요.

　　　　　　　—「그 여자의 기억법, 북극성」 전문

그러므로 결국 '당신'은 '나'를 닮은 '당신'이거나 거울 속으로 바라본 '나'이다. 윤인미 시인은 끊임없이 자신과의 대화를 시도하는데, 당신으로 호명되는 '나'는 여전히 위태롭고 안쓰럽지만 "그만하면 됐어요", "설명하지 않아도 그 마음 알아요" "더는 묻지 않"겠다는 자기초월의 암시暗示로 스스로를 위무하고자 한다. 종종 그 옅은 목소리는 메아리처럼 공허하고 헛헛하게 '나'에게로 되돌아오지만, 위로의 손길이 자신(나)이란 점은 "무량한" 외로움을 자아내지만, 시인은 그저 "왔던 길을 낯설게 돌아가는 무량한 경술庚戌생인 모두의 한사람"(「시인의 말」에서)을 응원하며 '나'로 되돌아오는 삶을 다독인다.

이번 시집을 펴내면서, 윤인미 시인은 오롯이 '한사람'을 위한 '시'를 세상에 바친다. 이 '한사람'은 "경술생"인 시인 자신이기도 하지만, 이 시집을 읽는 무명無名의 한사람독자일 수도 있을 것이다. 낯선 그 '한사람'이 외롭지 않기를, 시인은 바라고 있다. 종국에는 '나'와 같은 길을 걸어왔을 그 '한사람'과 "왔던 길"을 다시 되돌아보는 '연민'의 감정을 나누며, 모두의 '한사람'에게, 갈채를 보내는 시집이 이번 시집 『채널링』이 수신受信하고자 하는 바로 당신, 그 '한사람'의 세계라 할 수 있을 것이다. 나로 되돌아가는 삶, 한사람의 연원淵源은 '나'이자 모두의 한사람인 '나'를 응원하며 우주가 품은 인연설에 기대어 '나'를 저 허공 속으로 쏘아 올린다. 윤인미 시인의 시집 『채널링』은 그런 '한사람'의 기원起源을 우리에게 펼쳐 보이고 있다.

시와반시 기획시인선 018
채널링

2020년 10월 31일 초판 1쇄

지은이 | 윤인미
펴낸이 | 강현국
펴낸곳 | 도서출판 시와반시

등록 | 2011년 10월 21일 (제25100-2011-000034호)
주소 | 대구광역시 수성구 지산로 14길 83, 101-2408호
대표전화 | 053)654-0027
팩스 | 053)622-0377
E-mail | khguk92@hanmail.net

ISBN 978-89-8345-098-2 03800

이 도서의 국립중앙도서관 출판예정도서목록(CIP)은 서지정보유통지원시스템
홈페이지(http://seoji.nl.go.kr)와 국가자료종합목록 구축시스템(http://kolis-
net.nl.go.kr)에서 이용하실 수 있습니다. (CIP제어번호 : CIP2020039030)